SERMON

DE

PRISE D'HABIT DE MLLE JEANNE HARDOUIN

PRONONCÉ PAR

M. L'ABBÉ FOLIGNIER

Curé d'Annet-sur-Marne

le 10 Mai 1891

EN LA CHAPELLE DE LA VISITATION SAINTE-MARIE, DE MEAUX

PARIS

IMPRIMERIE CH. MARÉCHAL ET J. MONTORIER

J. MONTORIER S^r

16 Cour des Petites-Écuries, 16

—

1891

Magnificat anima mea Dominum.

O mon âme, glorifie le Seigneur.

(En Saint-Luc, chap. Iᵉʳ, verset 46.)

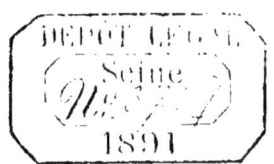

MONSEIGNEUR[1], MA CHÈRE ENFANT,

Puis-je mettre sur vos lèvres un plus beau cantique de louanges, au moment où, affranchie d'une épreuve dont il était si doux de voir approcher le terme, il vous est enfin permis de dépouiller les parures profanes du siècle pour vous couvrir des vêtements mystérieux de la religion. Personne, plus que moi, n'a su l'ardeur de vos désirs. Vous m'en aviez fait depuis longtemps le premier confident et c'est pour cela sans doute que vous avez voulu que je fusse le premier interprète de votre bonheur, aujourd'hui qu'ils sont réalisés. Ma voix est donc bien l'écho de la vôtre en ce moment, *Magnificat anima mea Dominum.* Mais ce qui fera pour vous, de ce jour, un jour mémorable entre tous, ce sera l'honneur d'avoir reçu le saint habit des mains du premier Pasteur de ce diocèse.

Vous avez daigné, Monseigneur, malgré les fatigues contractées dans de lointaines et récentes tournées pastorales, vous avez daigné accepter la présidence de cette touchante cérémonie. Qu'il me soit permis, au nom

_____

(1) Mᵍʳ de Briey, évêque de Meaux.

d'une estimable famille, d'en exprimer à Votre Grandeur toute la vive reconnaissance. Aussi bien, Monseigneur, votre présence est pour elle une faveur précieuse en même temps que la récompense de son sacrifice. Elle donnera un plus grand prix encore, je n'en doute pas, à la grâce que Dieu lui fait aujourd'hui de prendre un de ses membres les plus chers pour le consacrer à son service.

Magnificat anima mea Dominum! C'est aussi le chant de vos cœurs, parents chrétiens. Le monde, à cette heure, serait tenté peut-être de vous plaindre; mais nous, qui savons l'excellence du don de Dieu et la sincérité de votre foi, nous ne pouvons que vous féliciter. Dieu, qui ne laisse pas sans récompense un verre d'eau froide donné en son nom, ne devait pas oublier le zèle que vous avez toujours déployé pour sa gloire. Et si, du haut de cette chaire, je me plais à louer votre vie, au risque de blesser votre modestie; si j'aime à rappeler le dévoûment que vous n'avez cessé de témoigner à la cause des ouvriers [1] et des pauvres [2] dans la chère ville de Fontainebleau; si je me fais l'écho de la gratitude des orphelins et des petits enfants au profit desquels, dans une autre cité ouvrière de ce diocèse, l'un des vôtres dépensait naguère et son talent et son cœur [3], c'est qu'il m'est consolant de vous montrer, dans l'heureuse élue d'aujourd'hui, le

[1] M. Hardouin est secrétaire et Mme Hardouin, dame patronesse du Cercle catholique d'ouvriers de Fontainebleau.

[2] M. Hardouin est membre actif de la Conférence de Saint-Vincent-de-Paul.

[3] M. Quesvers, membre fondateur de l'Ouvroir de Montereau-Fault-Yonne.

fruit de tant de bonnes œuvres. Aussi, tous, nous unissons nos actions de grâces aux vôtres et nous bénissons le Seigneur qui veut, par ses bienfaits, surpasser les mérites de ses meilleurs serviteurs.

Magnificat anima mea Dominum! Pourquoi ne le chanterions-nous pas à notre tour, M. F., ce cantique de l'allégresse? Il serait, ce me semble, le résumé parfait de nos pieuses émotions en cette circonstance, lorsque nous aurons compris surtout la beauté, la grandeur et la sagesse de la vie religieuse.

Pour retracer dignement la beauté mystérieuse dont resplendit la vie religieuse, il me faudrait, M. F., la bouche d'or d'un Chrysostôme, cet illustre docteur qui consacrait jadis son éloquence à l'éloge de la virginité. Qui pourrait dire, en effet, ce que sont ces âmes qui, chaque jour, se donnent, dès le matin de leur vie, à un époux immortel? Ah! c'est bien la fleur du genre humain, fleur qui n'a encore réfléchi que le rayon du soleil levant et qu'aucune poussière terrestre n'a encore ternie ; fleur exquise et charmante qui, respirée même de loin, enivre de ses chastes senteurs, au moins pour un moment, les âmes les plus vulgaires. Et ce n'est pas seulement la fleur, c'est aussi le fruit, c'est la sève la plus généreuse de la tige d'Adam. Car, chaque jour, ces héroïnes remportent la plus étonnante des victoires, grâce au plus courageux effort qui puisse arracher la créature aux instincts terrestres et aux liens mortels.

Quel ravissant spectacle, M. F., et comme il repose délicieusement de toutes les vilenies dont nous sommes trop souvent les témoins! En ce siècle de grande mollesse et d'universel affaiblissement, ces victorieuses ont retrouvé, ou mieux, ont gardé le secret de la vraie force, et, dans la faiblesse de leur sexe, elles manifestent la mâle et persévérante énergie qui nous manque pour aborder de front et dompter l'égoïsme, la lâcheté, le sensualisme de notre temps et de tous les temps.

Et, comme elles ont la force, elles ont aussi la vraie perspicacité. Elles ont compris la vie avant d'en avoir goûté. Qui donc leur en a enseigné les douloureux secrets? A elles si pures, à elles dans l'âge où le cœur commence à être dévoré par la soif insatiable des tendresses humaines, qui donc leur a appris que cette soif ne sera jamais assouvie en ce monde? Qui leur a révélé l'ignominieuse fragilité des affections d'ici-bas, des plus nobles et des plus douces, des plus tendres comme des plus enracinées, de celles-là même qui se croyaient immortelles et qui tenaient le plus de place dans les cœurs où elles ont misérablement péri? En vérité, ce ne peut être qu'un instinct divinement libérateur qui les affranchit en les dérobant au monde. Et dès lors elles sont délivrées des cruels étonnements de l'âme qui rencontre à chaque pas le mécompte, la trahison, le mépris dans le chemin de l'amour, et quelquefois, après tant d'efforts et tant d'illusions, le désespoir et le silence de la mort dans la plénitude de la vie. Elles ont deviné l'ennemi; elles l'ont déjoué; elles lui ont échappé pour toujours et elles peuvent s'écrier : « *Anima nostra sicut « passer erepta est de laqueo venantium.* »

« Ah! dirons-nous avec un grand écrivain, vous « pouvez me vanter toutes vos fragiles beautés, vous « pouvez célébrer tous les bonheurs de toutes vos exis- « tences; pour moi, je ne sais rien de plus beau que « ces femmes généreuses qui vont porter à Dieu, dans « sa première fraîcheur, tout leur cœur, tous les trésors

« du profond amour, du complet abandon qu'elles re-
« fusent à l'homme; qui vont tout ensevelir et tout
« consumer dans le secret du dépouillement volontaire
« et des immolations cachées. »

Je ne connais en effet rien de plus admirable que
cet état de vie où l'âme, reflétant l'inénarrable beauté de
Dieu, nage au sein de la paix et de la joie. Et s'il m'était
permis, M. F., d'entr'ouvrir devant vous les portes de
ce couvent où se cachent toutes ces femmes qui ont
gardé leur cœur pour Celui qui ne change pas et ne
trompe jamais, vous verriez que, au service de leur divin
époux, elles ont rencontré des consolations qui valent
tout le prix dont on les paie, et qu'elles ont trouvé des
joies qui ne sont pas sans nuages parce qu'alors elles
seraient sans mérites, mais dont la saveur et le parfum
durent jusqu'à la tombe; vous pourriez constater que
leur vie se passe déjà dans les cieux, selon le mot de
saint Paul. Et c'est précisément cet état tout céleste qui
fait la grandeur et la gloire de la vie religieuse.

Cette vie, en effet, dégage l'âme des liens terrestres
et la fait par avance habiter dans le ciel. Voyez plutôt
ces anges dans la chair : plus rien en eux des frivolités,
des bassesses de la vie présente· tout y est divin. Ils
ont fui les tumultes des cités et les troubles du siècle;
ils se sont fait des solitudes où les mille bruits du monde
pénètrent à peine comme un écho lointain et mourant.
Entrez dans ces cloîtres. Quel silence profond! Comme
l'âme se sent loin des agitations d'ici-bas! Là, point de con-
versations folles, bruyantes; point de chants licencieux;
jamais les sinistres voix de la colère ni le bruit des dis-
putes; jamais l'accent de la douleur ni les sanglots du
désespoir : tout est paix et sérénité. Et si maintenant il

vous était donné de pénétrer jusqu'à un sanctuaire plus intime, l'âme même de la religieuse, quelles douces et fortes émotions ne rapporteriez-vous pas de ce spectacle? Cette âme bienheureuse qu'on dirait déjà favorisée de la claire vue de Dieu, ne se détache plus de la contemplation des choses divines. Quels essors dans cette âme assez haute pour toucher Dieu, assez magnanime pour planer, à d'incommensurables distances, au-dessus des horizons terrestres, assez vaste pour se remplir des années éternelles! Comme Adam, au milieu des charmes de l'Eden, elle reçoit les visites de son Seigneur; comme Jésus lui-même au Thabor elle s'illumine des splendeurs de la divinité. Voulez-vous suivre la religieuse dans le détail de son existence? Ce que sa vie a d'angélique vous apparaîtra mieux encore. A peine a-t-elle ouvert les yeux à la lumière du jour que vous la trouverez absorbée dans la méditation et la prière, et les grandes visions du monde supérieur passent tour à tour devant son regard. Puis elle partage les heures de sa journée entre le travail et la prière toujours, jusqu'au moment où elle ira goûter un sommeil qui, semblable à celui de l'Epouse des Cantiques, est une veille nouvelle dans le cœur de Dieu.

Ah! qu'ils se trompent donc étrangement ceux qui s'imaginent que le cloître est la maison des désillusionnés de la vie! Pour nous, M. F., qui l'avons connu et étudié de bien près, nous pouvons assurer qu'il est la patrie des grandes âmes et le vestibule du ciel. On dit que la religieuse cloîtrée est inutile au monde. C'est une erreur! Aussi bien le monde n'existe que par les communautés religieuses. La religieuse devient volontairement solidaire des dettes morales de l'humanité; elle en offre la rançon

par ses veilles, par ses mortifications et ses prières. Elle est à la fois l'ange gardien du pécheur que Dieu va frapper, l'ange protecteur de l'âme sur le point de s'égarer, l'ange expiateur du cœur coupable qui repousse Dieu et qui le blasphème, l'ange consolateur de l'âme ulcérée qui se désespère. Elle souffre, et sa souffrance arrête le glaive de la justice divine suspendu sur la tête du prévaricateur. Elle prie, et sa prière attire sur la terre des grâces plus abondantes. Elle pleure, et ses larmes, ce sang de l'âme, rachètent toute une vie d'égarement. Elle veille, et quelque jeune fille pauvre, sans asile, sans ressources, sur le point de succomber, se sent réconfortée et reprend, avec l'espérance, son labeur quotidien. Elle aime Dieu, et cet amour dévoué est une Providence pour l'humanité. « Car Dieu, a dit Lacor-
« daire, Dieu veut que tout homme qui jeûne donne du
« pain à celui qui n'en a pas, que toute âme qui pleure
« aux pieds de J,-C. enlève, du sein d'une autre âme
« inconnue, une certaine quantité d'amertume. »

Je vous le demande, M. F., est-ce là une vie inutile? Trouvez-moi une existence dont le but soit plus noble et dites-moi si ambition humaine osa jamais rêver plus sublime destinée?

Mais voilà qu'à cette grandeur s'ajoute une sagesse profonde. Le religieux qui, par sa vie, doit être le plus saint des hommes, en est du même coup le plus sage. Et certes il n'est pas difficile de démontrer que la vie religieuse est la plus intelligente des vrais besoins de l'homme, celle qui satisfait le mieux ses intimes aspirations.

Trois mots définissent la vraie situation de l'homme ici-bas : il a été décrété que tout homme mourrait — la

mort le dépouille de tout — elle le jette devant le tribunal de Dieu. Mourir; mourir nu et dépouillé; mourir
pour aller au tribunal de Jésus-Christ recevoir une sen-
tence éternelle et définitive, voilà le premier trait de
cette situation. Devant cette perspective aussi assurée
qu'imminente amenons le mondain et le religieux. Où
est le sage? Où est l'insensé? Le premier qui, dans
quelque temps, demain peut-être, va mourir et tout
perdre dans ce grand naufrage du tombeau, vit néan-
moins avec une assurance et une tranquillité stupides.
Le religieux au contraire a d'un seul coup saisi cette situation, et il rejette tous les embarras de cette vie; il se
dépouille de ses biens d'un jour pour être libre et tout
entier à Dieu et à son âme. Demandez-lui la raison de
ce choix, il vous répondra avec saint Paul : « Le temps
« est court. Le seul parti à prendre est donc que ceux
« qui pleurent soient comme ne pleurant pas, ceux qui
« sont dans la joie comme n'y étant pas, ceux qui pos-
« sèdent comme ne possédant pas, et ceux qui usent de
« ce monde comme n'en usant pas. »

Mais le moyen de posséder sans posséder, de vivre
dans le monde hors du monde? Le religieux tranche ce
nœud avec le glaive; c'est le violent qui emporte l'éternité d'assaut. Le monde l'arrête, il le quitte. Les choses
humaines compriment l'essor de son âme, il s'en échappe.
Sa nature l'opprime, il la terrasse par l'obéissance, la
chasteté et la pauvreté qu'il met sous la garde inviolable
du vœu.

Puisque tout meurt, se dit-il, que les plus brillantes
élévations, les plus vastes fortunes et les plus enivrantes
voluptés ont la longueur d'un moment, quitter un sol
si mouvant, fuir de si trompeurs mirages pour une réa-

lité éternelle, c'est donc l'œuvre du bon sens, et c'est ce qui fait du religieux le premier des sages. Mais ce n'est pas tout ; il le serait encore alors même que la mort ne suspendrait pas perpétuellement ses menaces sur nos têtes. La caducité, le mélange, les retours douloureux des choses terrestres, l'impuissance de jouir, l'assurance d'être déchiré par de cruelles épines là où l'on cherchait des roses, ne suffisent que trop bien à expliquer le parti extrême que prend le religieux de les abandonner. Et qui donc en cela oserait le taxer de folie?

Mais enfin supposons que ces choses terrestres soient aussi stables qu'elles sont caduques, aussi douces qu'elles sont amères, il y aurait une suprême sagesse pour le chrétien à les quitter. Tout est changé pour l'homme depuis que Dieu s'est fait homme afin que l'homme pût se faire Dieu. Depuis que la vie divine est devenue notre vie, l'infini l'objectif de nos désirs, l'éternité notre champ d'action, tout a changé avec le changement de destinée. Aux fils des hommes Dieu a donné la terre, *terram autem dedit filiis hominum* ; à ses fils il ne donne plus que le ciel. Le divin peut seul nous suffire depuis que Dieu nous a dit : Je serai moi-même ta récompense, *ego ero merces tua magna nimis !* Ne vous étonnez donc plus d'entendre le chrétien répéter avec l'Apôtre : Tout « ce que je considérais comme des biens, je le regarde « comme une perte à cause de Jésus-Christ ! »

Cette pensée, ma chère enfant, saint François de Sales l'a traduite par un mot qui est devenu la devise aimée de la Visitation : « O mon Dieu ! vous seul me « suffisez ! » Eh bien, désormais, voilà votre devise ! Dieu seul, en qui reposeront et grandiront même vos affections les plus légitimes ! Dieu seul, en qui vous retrouverez le souvenir de votre bonne mère, de votre père dévoué, de votre pieuse sœur, de vos amis et de tous ceux qui vous ont aimée! Dieu seul sera à jamais votre partage! Et lorsque, tout à l'heure, l'auguste Pontife vous revêtira des vêtements sacrés de la religion, lorsqu'il déposera sur votre front le voile qui vous séparera du monde, souvenez-vous qu'ils sont les signes éclatants de votre délivrance et les témoignages de la miséricorde de Dieu sur vous. Puissent-ils être le gage aussi certain de cette robe blanche et de cette couronne brillante que Jésus réserve aux vierges dans les tabernacles éternels. C'est la grâce que je vous souhaite avec la bénédiction de Monseigneur.

www.ingramcontent.com/pod-product-compliance
Lightning Source LLC
Chambersburg PA
CBHW061450170626
46811CB00005B/2451